EL HIJO NOVENO

Y

OTROS CUENTOS

§

Matías Montes Huidobro

© *Ediciones La gota de agua*
© Matías Montes Huidobro

ISBN 97809771987333
LCCN 2007922733
© Diseño de portada: concepción y ejecución
Drs. Iván Drufovka Restrepo y Rolando D. H. Morelli

© Fotografía de portada Daniel Drufovka

© Fotografía del autor: Mario García Joya (Mayito)

EL HIJO NOVENO

Y

OTROS CUENTOS

(Para Justin y Ariel)

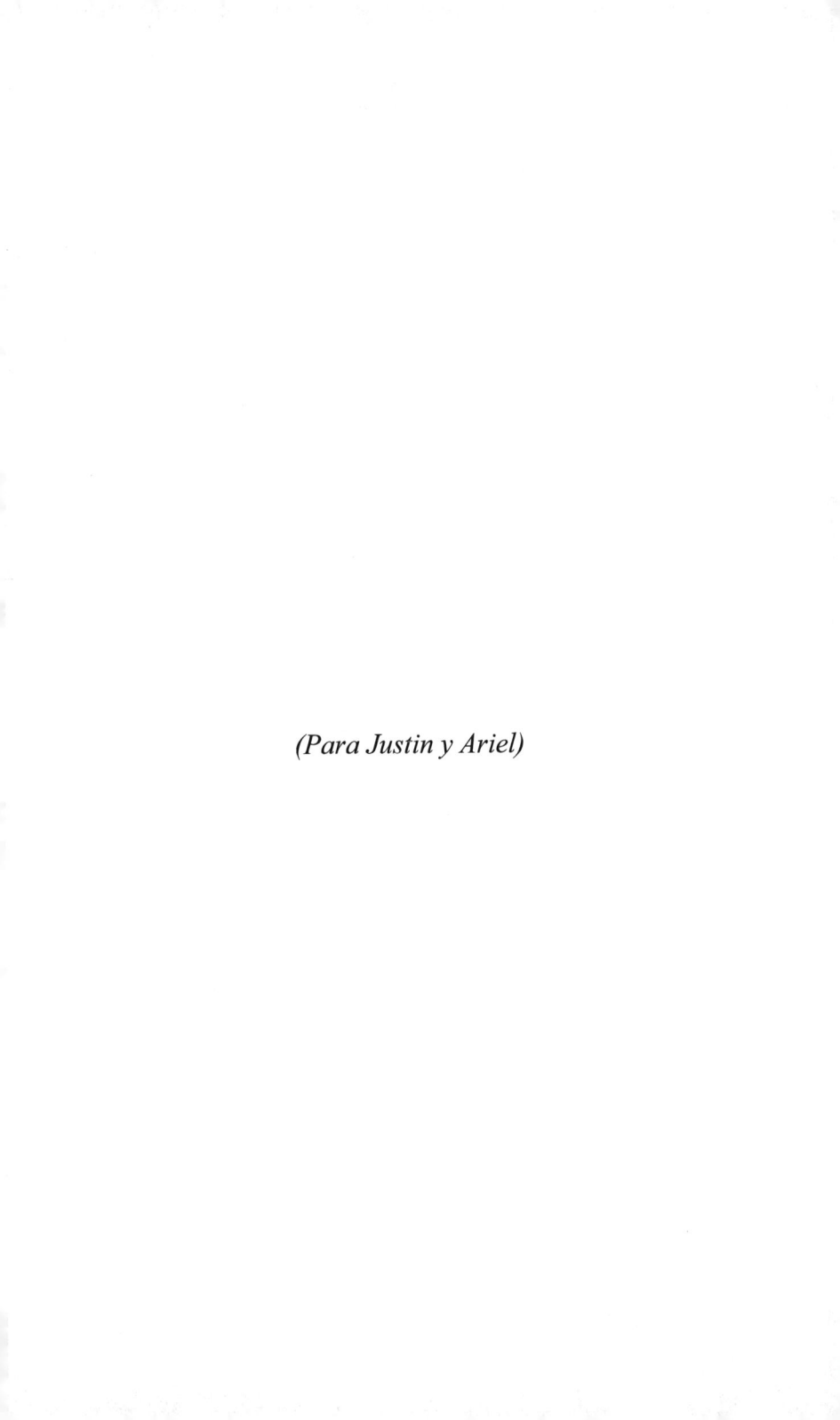

PALABRAS LIMINARES

Matías Montes Huidobro

El año 1950 es un año particularmente importante en mi formación como escritor, ya que en esa fecha defino de manera categórica mi vocación literaria y las diferentes direcciones que quiero abarcar posteriormente. En 1950 se publica en *Bohemia* mi cuento «El hijo noveno»; escribo mi obra de teatro *Sobre las mismas rocas*, que estrenará *Prometeo* al año siguiente, y mi cuento «Abono para la tierra» aparece en *Nueva Generación*. Mi poema «La vaca de los ojos largos» también es de esa fecha, publicado en esta misma revista. No deja de ser curioso que mi interés en el cine preceda a los otros géneros literarios, ya con anterioridad, a los dieciséis años, publico en dos revistas estudiantiles *Criterio* y *Ultra*, del Instituto Nro. 1 de La Habana, una reseña sobre *Los aretes de la gitana*, de Marlene Dietrich y Ray Millan y otra sobre *La bella y la bestia* dirigida por Jean Cocteau. En lo que pudiera considerar mi primer ensayo, confluyen mi interés por el cine y el teatro, cuando en el primer número de *Nueva Generación*, se publica mi trabajo sobre *Hamlet*, la película de Lawrence Olivier, bastante extenso, vertientes de la crítica en la que estaré insistiendo por largo tiempo. Personalmente, por consiguiente, estos años tienen especial significado.

En la presente edición de mis cuentos reúno cinco narraciones escritas en 1950 y, a lo sumo, en 1951. Dos de estas narraciones fueron publicadas en Cuba, como ya he mencionado. Son textos muy de juventud, ya que cuando los escribo no he cumplido todavía los veinte años. Bien es cierto que al pasarlos en limpio, al correr del teclado, he hecho algunos cambios, que algún investigador académico podría verificar en el caso de «El hijo noveno» y «Abono para la tierra», publicados con anterioridad, pero dudo que vayan a desenterrarlos y en lo que a mí respecta me conformo con que lean esta versión. De todos ellos, como se dará cuenta cualquier lector cuidadoso, «La luna desaparecida» es el que ha sido sometido a mayores cambios estilísticos, aunque las situaciones y los conceptos permanecen fieles al original. Temática y estructuralmente mantienen las características del correspondiente original, aunque estilísticamente tengo que reconocer que en algunas páginas no he podido resistir la tentación de hacer cambios. En estos cuentos hay mucho de antes y un poco de después.

La situación histórico-literaria de muchos escritores de mi generación ha sido tan adversa y difícil, que un buen número de veces la posibilidad o imposibilidad de publicación de sus textos ha sido determinada por factores histórico-políticos absolutamente ajenos al valor de la escritura en sí misma, colocándonos injustamente en las peores de las circunstancias. Al intento de eliminación se responde con la escritura, por muy penosa que resulte. Al interrumpir el castrismo el desarrollo histórico-literario de una manera progresiva normal, la contribución literaria de una determinada generación o de un determinado escritor, los hace víctima de las más diversas circunstancias ajenas a la escritura. La trayectoria generacional se quiebra, y lo que debió ser traspasado de una generación a la otra de forma natural, para ser apreciado, juzgado e inclusive rechazado dentro de un justo proceso evolutivo, se interrumpe por politización extrema de la cultura. A esto se une la eliminación sistemática de escritores, y las más diversificadas estrategias de ataque llevadas a efecto en los últimos cuarenta años, en un proceso de exterminio de relativo éxito que intenta crear toda una legión de desaparecidos.

No digo todo esto como si pidiera excusas, sino por conciencia histórica. Además, el autor es el primero en desconocer el valor o falta de valor de sus textos. «El campo del dueño», el primer poema que publiqué, ha sido antologado multitud de veces y ha aparecido, para mi sorpresa, en una u otra revista poética, inclusive sin que yo autorizara su publicación. *Sobre las mismas rocas,* prácticamente mi primera obra de teatro, ha sido revalorizada en diferentes estudios críticos de Francesca Colecchia, Jorge Febles, Daniel Zalacaín y Arístides Falcón.

A nivel personal, otras razones me llevan a esta insistencia. «El hijo noveno» es la historia de una criatura solitaria, inconforme con la realidad circundante (especialmente en sus formas más soeces y brutales —es decir, realistas—), que precisamente quiere estar en el lugar donde no se encuentra, buscando un lugar quimérico que es «El paraje olvidado». En cierto modo, la historia de mi vida. Lo completa un sentido cósmico ritualista («La luna desaparecida») que, para mi angustia, nunca me ha abandonado del todo.

He reunido estas narraciones bajo el título de *El hijo noveno*, por haber sido el cuento de este nombre el primero de todos y tal vez por considerarlo el más representativo, inclusive de mi propia vida. Más de cincuenta años después de haberlo escrito me encuentro que sigo siendo el mismo. Pensé agregarle al título la seña adicional de "y otros cuentos cubanos", pero decidí suprimirlo, porque creo que no se necesita aclarar su *cubanía*. El que se decida a leerlos pensará tal vez que esta pretensión es descabellada, porque en ninguno hay el menor intento de establecer un contexto paisajístico cubano y no hay la menor referencia a las palmas, el mamoncillo, el tamarindo, y otras frutas tropicales que los identifiquen, ni tampoco a nuestra carismática personalidad. Algunas personas piensan que uno es cubano en la medida que nos guste el mango y el aguacate, el choteo y el bolero. Pero lo cierto es que la *cubanía* tiene manifestaciones mucho más complejas. Lo cual me lleva a considerarlos unos cuentos *sómnicamente* cubanos que representan el resultado de mi sufrir provinciano.

En el proceso de volver a leer y escribir estas narraciones, me he dado cuenta de las sacudidas sufridas por las letras cubanas desde hace medio siglo. Me encuentro, en realidad, frente a una retrospectiva literaria que me trasciende. Estas narraciones, en cierto modo, se oponen a la descarnada y brutal sordidez que, no sin razón, ha adquirido la literatura cubana, incluyendo, en cierta extensión muchos textos míos, porque ningún escritor permanece inmóvil. Pero debo advertir que esta sordidez no ha sido ninguna invención del castrismo, sino el resultado de una distorsión extrema de fallas del carácter nacional ya presentes en nuestro pasado histórico de hace más de medio siglo. No se olvide que *Cecilia Valdés* y *Yarini*, cuyos comportamientos dejan mucho que desear, han sido tomados como arquetipos de la sensualidad, la sexualidad y la estética — irremisiblemente, de la conducta—; no nos extrañemos de los funestos resultados. Recuérdese que José Antonio Ramos publicó *El manual del perfecto fulanista* en 1917 y que Mañach publicó su *Indagación del choteo* en 1940. ¿Cómo iba a poder conciliarse mi escritura y mi temperamento con la realidad circundante y la vulgaridad que aparentemente hemos querido borrar de la memoria, sin contar otras lacras? De ahí surge lo que, pareciendo evasión, es una variación del enfrentamiento a través de la estética.

Otro tanto, respecto a la injusticia social, presente debajo de la conciencia surrealista de algunos de estos cuentos. Esto explica la búsqueda de otro espacio más allá de las estrictas fronteras nacionalistas, que eran insatisfactorias y contraproducentes, lo que lleva a una estética de la alienación en vista de la imposible conciliación con la realidad. No era yo, ciertamente, el único y se precisan serias indagaciones críticas sobre el particular. Para mí la *cubanía* no está ni en el bohío, ni en la palma real, ni en la playa de Varadero. Para mí la *cubanía* está en dolernos Cuba. Es cierto que, a veces, se tienen ojos para no ver de tan negativas que pueden ser las circunstancias; pero no siempre debemos estar con los ojos cerrados. Inclusive, hay que entender por qué no vemos o no queremos ver. Quizás un exceso de calmantes, que tomamos para tranquilizarnos, nos ha afectado la memoria de tal modo que no nos acordamos de nada. Empeñados en negar el presente borramos el pasado, cuando sólo viéndonos de forma total, lo bueno y lo malo, es que podremos salvarnos.

M.M.H.

EL HIJO NOVENO

I

En realidad no sabía como había comenzado todo. Los hombres suponen conocer el secreto de los principios y los motivos de los actos, pero están engañados en las razones que los explican, ejecutando rutinariamente lo establecido, diciendo que la razón señala su realización, pero sin establecer los principios razonados. Ernesto deseaba conocer la realidad de los hechos, mas todo estaba misteriosamente encadenado y formaba un círculo que, como tal, carecía de principio. Era igual que trabajar con un compás, que después de realizada la figura geométrica se desconoce el punto de partida. En esa situación se encontraba Ernesto y el intenso amor que sentía por el mar. Buscaba el mar, la compañía secreta de las olas, caminando a lo largo de la costa, porque su soledad lo llevaba a su lado, desconociendo si esa soledad fue engendrada por su amor al mar que lo alejó de las cosas de la tierra, o si fueron éstas, las cosas de la tierra, con sus ritos falsos, con sus tradiciones enfermas supuestas sanas, las que engendraron su amor por el mar, refugio secreto de su soledad. Es decir, o la soledad era causada por la tierra y encontraba su compañía en el mar, o era causada por el mar y hallaba su soledad en la tierra. Sólo comprendió, finalmente, que la búsqueda de la certidumbre de las cosas era trabajo difícil y poco tolerable, que al final de cuentas tenían razón los hombres al no buscar las causas de los actos, y que era mejor ejecutar los actos que buscar sus razones.

Ansiaba trabajar en los barcos, navegar por el mar y perderse en la línea nebulosa del horizonte. Pero sabía que no podría hacerlo. Su padre había sido herrero, encargado de trabajar en las patas de los caballos. Eran nueve hermanos destinados a realizar tareas propias de la tierra. Tres de ellos sustituyeron a su padre en los trabajos de la herrería cuando este se retiró, y se encargaban de doblegar el hierro de las herraduras y herrar los caballos, haciendo todos los trabajos propios de los herreros. Ellos eran felices al realizarlos, porque habían heredado el carácter del padre y la misión terrenal que les daba significado a sus vidas. Por eso realizaban la labor en un conjunto que mostraba un perfecto engranaje, llevando el mayor los caballos a la herrería y sosteniendo las patas mientras se efectuaba el trabajo, encargándose el segundo de forjar el hierro que daría forma a la herradura y el tercero en clavar la herradura en las patas de los caballos. Los tres hermanos menores trabajaban en el campo, encargándose de domar potros salvajes cazados en la llanura. Mientras uno le tendía el lazo, el otro lo derribaba al suelo y le amarraba las patas, hasta que el tercero se encargaba de domarlo; llevándolo después a los otros hermanos para que estos los vendieran en el comercio de la feria. Uno de ellos los tasaba, el otro los ponía a la venta y el tercero llevaba las cuentas.

Con precisión matemática realizaban aquellas faenas, aunque no era raro que las más extrañas transacciones sucediesen y todo quedase en el círculo familiar, pues como era frecuente realizar compras en la venta, era común la compra de lo que había sido vendido. Era tal la complejidad de los negocios de la tierra y de los ritos que tenían que cumplirse, que los propios hermanos perdían la noción de los trabajos que realizaban. A veces llegaba un hermano cazador a visitar al herrero con el potro cazado para que lo herrara, operación necesaria para proceder a su venta en el comercio de la feria. Pagábale el cazador al herrero y se iba a la feria, vendiéndoselo al hermano que se dedicaba a la compra-venta, mientras que el herrero, con el dinero que le había pagado su hermano por la herradura que le había puesto al caballo, se iba a la feria y compraba el caballo que él mismo había herrado, pagándose así por su propio trabajo. Otras veces eran largas las discusiones respecto a la calidad de la mercancía que se vendía y se compraba, regateándose el precio de la venta, pues alegaba el comprador que el animal no estaba bien herrado, y que por tanto había que rebajarlo, sin darse cuenta que con tales argumentos se acusaba a sí mismo de no haber realizado un buen trabajo al herrarlo. Le decía el vendedor todo lo contrario, asegurándole que el trabajo había sido hecho por el más experto de los herreros. Y en otras ocasiones el hermano que había cazado aquel potro salvaje que él mismo había domado y que lo había vendido en la venta de la feria, terminaba por comprárselo a otro de sus hermanos, sin darse cuenta exacta, ninguno de ellos, de lo que estaban haciendo a consecuencia de la complejidad de los ritos. De esta forma los hermanos se compraban a sí mismos y realizaban negocios propios de la tierra.

Ernesto intuía el absurdo de todo esto, pero como era un proceso tan difícil de explicar por el lenguaje, y como las intuiciones equivocadas habían sido heredadas con tal fuerza, sólo una vez trató de enfrentar a su padre a aquella dialéctica de la compra-venta, que él mismo se explicaba con dificultad.

—Tus razones son oscuras, —le dijo éste—, y con ellas sólo tratas de justificar tu ambición por la marinería. Nosotros hemos sido hombres de tierra desde siempre y es imposible que nuestros antepasados se hayan equivocado.

—Bien es cierto que no he expuesto el asunto claramente, porque no tengo gran dominio del lenguaje, aunque sí de la lógica. Y como la lógica se expresará por el lenguaje, sólo hablando podremos comunicar nuestras ideas y conocimientos, cosa imposible en mi caso.

De aquella forma se ganó el desdén de su padre y sus hermanos, y también de su madre, aunque esta trataba de ocultárselo porque a ella, según la tradición, le correspondía comunicar el afecto; pero como ella también pertenecía a familias de la tierra, mineros para ser más exactos y cuyas costumbres estaban aún más en choque con las costumbres marinas, no podía dejar de sentir un rencor secreto por su hijo. Por lo tanto, Ernesto era el último en sentarse a la mesa, permaneciendo alejado de las charlas de sus hermanos y de sus chistes. Y cuando era vino lo que se tomaba con motivo de algún aniversario, era su copa la última en ser llenada, que a veces apenas lo era.

Los hermanos acostumbraban a sentarse junto al fuego después de la comida, reuniéndose en grupos de a tres que charlaban animadamente. Así, cada grupo estaba constituido por un herrero, un cazador y un comerciante, quedándose Ernesto sin participar en una charla que en última instancia no le interesaba. No sabía exactamente cual era el lugar que ocupaba, porque siendo nueve el número de hermanos era lógico que él estuviera entre aquellos, cuando en realidad estaba fuera y como si alguien ocupara su lugar. Esto lo desconcertaba de tal modo que no podía llevar bien la cuenta, cosa que no era de sorprender, además, porque las matemáticas no eran su fuerte. El padre y la madre contemplaban a los nueve hijos, orgullosos de las mismos, el primero abrazándolos antes de irse a dormir, besándolos la madre, pero sin abrazar ni besar nunca a Ernesto, que era precisamente el hijo noveno.

En su abandono, se refugiaba Ernesto en su cuarto. Hubiera preferido correr hasta la playa y sentarse sobre las rocas situadas en la orilla, pero era cobarde y le tenía miedo a la burla de los herreros. Miraba al patio y contemplaba el fondo de la herrería. Le llegaba el olor del estiércol en lugar del salitre del mar y se sentía castigado por no poder alcanzar jamás lo que tanto deseaba. Contemplaba las patas de los caballos incrustadas en la tierra y dirigía su mirada más allá, hasta lo más profundo de la herrería, con todas la herramientas propias de los herreros que iluminados siniestramente por la fragua, le parecían objetos de tortura envuelto en las llamas voraces del infierno. Estaba cerca de todo lo que aborrecía. Escuchaba las voces de sus hermanos, satisfechos por el resultado del trabajo que hacían, y sentía en lo profundo de su garganta un llanto que allí se enclaustraba.

Otras veces, llenándose de valor, llegaba hasta la costa y se sentaba sobre las rocas, escuchando las secretas confidencias de las olas. Evocaba la primera vez que las había buscado en su soledad, comprendiendo su comunión con el salitre. La soledad y la tristeza se mitigaban un poco en su compañía, incrementando su amor por las cuestiones marinas, que sentía distantes de la tierra, de los ritos falsos que cumplían sus hermanos:

aquellos ritos falsos que realizaban como si se tratara de una proeza.

II

Aunque las cosas siempre son iguales y los colores siempre son los mismos, a veces pensamos que unos y otros son diferentes. Se abrió paso Ernesto por la puerta estrecha, cuando un día, encontrándose sentado a la orilla del mar y sobre las mismas rocas, sintió enrarecido aquel inconfundible olor a salitre que aspiraban sus pulmones, que era para él como un exótico perfume de mariscos. No era estiércol ni cosa de la tierra, cuyos olores conocía tanto como los marinos; ni era tampoco cosa de la mar, aunque no pudiese decir que fuese cosa de lo uno o de lo otro. Entonces comprendió que eran cosas de ambos, volviendo la cabeza y notando que lo que había supuesto era ahora comprobado.

—Es humo de pipa, —le dijo el hombre que estaba a sus espaldas—. Ya sé que trataste de descubrirlo antes de mirarme, y que casi lo descubriste, pero aunque tu olfato te dejó saber que algo diferente había, la verdad no se descubre del todo hasta cuando no se escucha con los oídos, se palpa con el tacto, se saborea con el paladar y se ve con los ojos; hasta cuando no se vive con los cinco sentidos.

Se trataba de un viejo marino que como tal llevaba su pipa llena de humo y, también, un parche negro sobre el ojo que ya no tenía.

—Resulta difícil conocer las diferencias entre las cosas, —continuó—, porque las diferencias son sutiles y todo lo sutil está formado por pocas diferencias. No obstante, llegaste casi al descubrimiento de cosa tan sutil como el humo de la pipa, que existe en ese punto impreciso entre el mar y la tierra.

Ernesto abrió los pulmones nuevamente al perfume del tabaco, que consideró genuinamente marino porque venía de la pipa de un lobo de mar.

—Y ya sé que tales cosas, las marinas y las terrestres, te lucen a ti muy diferentes, —continuó—, aunque en realidad se trata de sutilezas. Fíjate bien: el mar y la tierra sólo están separados por la línea de la costa, y la línea de la costa está formada por arenas o rocas, que aunque se parecen a la tierra donde pastan los animales, no son como aquellas ni tan fértiles. Y también debes saber, si es que no lo sabes todavía, que yo soy un viejo lobo de mar, pero que mis padres se casaron en tierra y allí engendraron a sus hijos; por lo cual, cuando yo vine al mundo, lo hice en una aldea no lejos de la costa pero que, no obstante ello, se dedicaba a tareas propias de la tierra, que jamás fueron de mi satisfacción y agrado. Y por último, si te fijas en mi pipa, notarás que su madera procede de los árboles, así como su tabaco, no obstante haber sido creadas las pipas para que fumen los marinos. Como vas a ver, mi historia no difiere mucho de la tuya, y aunque no lo creas, quizás no difiera tanto de la de tu padre y tus hermanos, aunque pienses que poco se parecen.

Poco entendía Ernesto de aquella rebuscada dialéctica, que no sabía por donde tomar, ya que se dejaba llevar por aquellos cuatro sentidos precedidos por el olfato. A Ernesto no le importaban las razones terrestres del marino, aspirando solamente el humo de la pipa, que no podía ser otra cosa que una pipa de mar.

—Yo no ejerzo ya la misión de los marinos —prosiguió el marino de la pipa—; ya no soy joven y la edad no me lo permite. Me ocurre lo mismo que a tu padre. El fue herrero hasta la edad que sus fuerzas se lo permitieron, hasta que pudo fácilmente doblegar el hierro y las patas de los caballos para realizar el trabajo heredado. Después, como tenía nueve hijos que pudieron sustituirlo en su oficio, dejó de hacer lo que durante toda su vida había hecho. A mí me ocurre lo mismo, con la diferencia que mis hijos, que eran nueve, sólo llegan a ocho, aunque pudieran llegar a diez; y no es que no sepa contar, pero si a veces falta un número en otros casos sobra otro, y aunque no te lo puedo explicar con precisión numérica, todo número tiene un lugar en el espacio, como si se tratara de una ecuación que tiene una incógnita y encuentra su resultado. En todo caso, ahora estoy buscando al hijo noveno, que es posible que se me haya extraviado.

Ernesto escuchó las palabras del marino como nunca había hecho con las de su padre, porque sus palabras le resultaban torpes y pedestres, el cual siempre le había hablado, antes de que dejara de hacerlo, de las magníficas propiedades del hierro, con el silencioso beneplácito de su madre, que pertenecía a una ancestral familia de mineros. Pero ahora el marino, a quien sólo entendía a medias, no le hablaba de la tierra sino del mar, porque era del mar de lo que hablan los marineros, asuntos estrictamente salobres que llenaban sus pulmones y le corrían por las venas.

—Yo sé que te gustará el barco mío y de mis hijos, —prosiguió el marino—, porque tu ambición ha sido siempre la de navegar, y aunque el barco no es de los mejores, será el mejor para ti por el hecho de ser aquel en que irás navegando. Por razones que no vienen al caso, sólo ocho de mis nueve hijos tienen conocimiento marítimo, por lo cual me falta un hijo para, en efecto, tener nueve.

Ernesto escuchaba aquella charla marina en estado hipnótico y observaba, cuando fumaba, las pausas entre una palabra y la otra. Nunca antes había estado en contacto con hombre de tanta sabiduría, que contara las cosas con tanta precisión, inclusive matemática, ya que sumaba en grupos de a tres hasta llegar al nueve como jamás lo había hecho nadie, ya que muchos no sabían contar y generalmente se equivocaban.

—Ya ves que sólo tengo un ojo, y aunque el otro estuviese donde ya no está y sobre el mismo no se encontrara un parche, yo te vería a ti y a las cosas que me rodean de la misma forma que las veo. Yo sé que tienes dos ojos y que ves las cosas del mar completamente diferentes a las terrestres, y eso es precisamente lo importante, aunque las diferencias en realidad sean tan sutiles que ninguna haya. Si las cosas del mar y de la tierra son iguales o diferentes, la igualdad y la diferencia están en la forma en que tú las sientas y las veas.

Por tal motivo, los objetos cambiaron su posición en el espacio y sus colores perdieron la opacidad o el brillo que tenían. Pero todas las transformaciones sucedieron adentro y no afuera, o quizás a la inversa, porque nunca se sabe. El caso fue que Ernesto no quiso ocuparse de estas pequeñeces y no le interesaba saber en qué lugar se efectuaban los cambios, porque se trataba de asunto demasiado complicado. Aspiraba las delicias del mar en el humo del marinero y comprendió que había llegado el momento de dar por terminado aquellos rituales de la tierra.

III

El marino de la pipa tenía nueve hijos, pero en la práctica sólo eran ocho. Tal cosa constituía un verdadero conflicto, porque en aquellos tiempos en que casi todas las labores se hacían en múltiplos de tres hasta llegar al nueve, la falta de uno resultaba un serio inconveniente y un verdadero peligro, temiéndose que de un momento a otro ocurriese un desastre. Por eso, la llegada de Ernesto fue recibida con el aplauso de todos, que se lo manifestaron de múltiples maneras, con cordialidad y camaradería, como si hubiera sido un hijo pródigo que regresaba y que resolvía, de una vez por todas, el conflicto ocasionado por la ausencia. En cuanto a sus padres y a los hermanos que había dejado en tierra, nadie puede decirse que notó que no estaba allí, por aquello de que jamás, en efecto, habían reconocido su presencia y nunca lo habían contado.

Ernesto no conoció al noveno de los hijos junto con los otros, y en realidad nadie se molesto en presentárselo, y él, que siempre había sido medido y discreto en las actividades terrestres, continuó siéndolo en las marítimas. El trabajo estaba distribuido de forma colectiva, como un equipo que funcionaba con la precisión de un reloj y que conocía hacia donde se dirigían sus manillas. Los tres mayores se dedicaban a las labores de pesca, que eran las más arduas y las que exigían mayor experiencia. Los del medio se encargaban de la venta del pescado y la compra de alimentos en los puertos a los cuales llegaban. Mientras que los menores, que eran solamente dos y con los cuales Ernesto completó la trilogía, hacían trabajos a bordo, de diversa índole y no menos necesarios, encargándose de la limpieza del pescado y multitud de tareas que no eran particularmente agradables pero que a Ernesto le parecían una maravilla.

—Los únicos barcos verdaderamente marinos son los de pesca, —contaba repetidamente el viejo marino de la pipa, en una de esas lecciones que parecía impartir como en una cátedra en las noches de mayor calma y sosiego—. Los barcos de carga son de transporte y llevan mercancías para los hombres que viven en la tierra y realizan las labores propias de tales lugares. Son genuinamente terrestres. Los barcos de pasajeros no realizan labores marítimas, porque los pasajeros sólo viajan en ellos para ir de un punto al otro de la tierra. Sólo los de pesca son barcos de mar.

No es de extrañar que Ernesto, absorto como estaba en estas filosofías, reconociera apenas la presencia (o la ausencia, diría más bien) de aquel hijo noveno que permanecía aislado en lo más alto del mástil, tratando siempre de divisar tierra. Es cierto que en alguna ocasión se cruzaron miradas distantes, pero la mayor parte de las veces miraba el hijo tan a la distancia que no parecía ver lo que estaba alrededor. Era como si subiera al mástil para irse de allí. Además, al verlo le llegaba a Ernesto un desagradable olor a tierra húmeda, a lluvia y vegetación, inclusive a estiércol y óxido de hierro, que le repugnaba; olores todos ellos que le recordaban el pasado casi olvidado de la herrería de su padre, y los cuales empezaba a odiar con un rencor sordo y diferente. Lo extraño era que al mismo tiempo evocaba el llanto que le había corrido por dentro en su vida anterior, aquel manantial de soledad que lo había aislado y le había hecho sufrir tanto. Se recordaba a sí mismo en la costa, sobre las mismas rocas, mirando hacia el mar y buscando en la distancia aquella embarcación donde ahora estaba. Este mismo reconocimiento era una fuente de dolor inaceptable, que si por un lado lo acercaba por reconocerse, lo alejaba a la vez para no verse nuevamente: alguien que no quiere reconocerse a sí mismo en el conocimiento ajeno. Por eso, día a día, lo ignoraba más y más, para borrarlo, para eliminarlo de allí, que era un modo de eliminarse a sí mismo de su pasado. Nunca habló con él, porque sus hermanos nunca le hablaban y su padre tampoco. Y cuando en las noches claras y en los días en calma se sentaban los marinos a charlar, dejándose llevar por fantásticas narraciones de sirenas nunca vistas, cantos nunca escuchados, caricias nunca sentidas, perfumes de un salitre jamás aspirado y sabores salobres que enardecían los sentidos y eran la perdición de los marinos; lo veía siempre en el mástil como si velara allí mismo, en un insomnio terrenal que se clavaba en el horizonte

En realidad, aquel hijo noveno que no estaba no cumplía ninguna particular función en aquella embarcación que cruzaba los mares, salvo la más antimarítima de todas, que era la de avisar a la tripulación que estaban llegando a tierra. Con su catalejo, que siempre enfocaba en el punto más remoto, era el primero en verla, y la voz de —¡Tierra!—, era algo así como una sacudida, un grito desolado y liberador, y al mismo tiempo de una tremenda euforia que a todos los otros incomodaba.

Un día llegaron a un puerto de gran movimiento terrestre. Les molestaba la irritante conversación sobre la lluvia y la sequía, el resultado de las cosechas y una falta de interés entre sus habitantes sobre las cuestiones relacionadas con la pesca. Para no escuchar todo aquello se iban a la taberna y tomaban gigantescos vasos de cerveza, y así y todo seguía aquella algarabía terrenal, ahora un tanto alcoholizada, que los ponía de un humor tan malsano que estaban a punto de irse a las manos. Ernesto se sentía no menos molesto e inquieto, porque aquel lugar le recordaba vagamente a unos hermanos que debió haber tenido alguna vez, y mucho hubiera lamentado encontrarse con alguno de ellos, y de aparecer ciertamente en la taberna, quién sabe lo que hubiera pasado. Por tales motivos, decidieron irse de allí para evitar algún altercado de malas consecuencias y levantaron ancla lo antes posible.

Ya en alta mar, Ernesto levantó la cabeza hacia el mástil, en busca tal vez del hijo noveno, aunque antes de hacerlo tuvo la premonición de que no estaba allí. Nadie sabía si el hijo noveno había bajado a tierra ni si había regresado, ni nadie se ocupó de preguntarlo. No estaba en el mástil ni en los oscuros recovecos de la bodega donde, algunas veces, se ocultaba. Como todavía estaban medio borrachos, todo lo percibían entre la niebla, que además se iba haciendo más espesa a medida que el barco se alejaba. Probablemente, los hermanos restantes lo buscaron también con la mirada, aunque sin insistencia; tal vez porque de insistir era posible que lo vieran de nuevo y, a la larga, era mejor que no estuviera en el barco. Pero olvidando pronto el incidente, reuniéronse al día siguiente en grupos de a tres para realizar los trabajos de costumbre y contarse las historias que siempre se habían contado. Y el marino de la pipa no consideró la pérdida de un hijo, pues aunque hubiese tenido los dos ojos y no llevase un parche negro sobre el que ya no estaban, hubiese contado nueve hijos en los grupos de a tres, ocupando Ernesto el lugar del noveno. Fue así como siguieron navegando aquel viejo lobo de mar y sus nueve hijos, en aquella embarcación que un buen día bautizó con el curioso nombre de *EL HIJO NOVENO*.

LA COMPRA DE LA VENTA

I

Emilia había nacido en un pequeño pueblo de provincia, hija de una de las más prominentes familias de la localidad. Todas las mañanas se levantaba temprano y se sentaba con su vestido blanco a la puerta de la ventana. Tenía cabellos rubios y ondulados, manos delgadas y suaves articuladas al extremo de los brazos por unas muñecas tan finas y delicadas que parecían un cristal a punto de quebrarse. La madre era una mujer alta y estirada perteneciente a una larga familia de comerciantes. El padre era un señor algo grueso dueño del aserradero del pueblo, lugar donde trabajaban los obreros de la comarca. Ellos dos, la madre y el padre, envidiaban las manos de la hija y los rubios cabellos, lamentando que estuvieran allí, atados los unos a los brazos y los otros al cráneo. Nunca le dijeron nada, pero sabían que, de no ser por el hecho de encontrarse en la situación citada, harían una preciosa venta en el comercio de la feria.

Los obreros que salían de la fábrica la miraban desde lejos, lamentando también, aunque de forma distinta, la situación de las manos y los cabellos, sintiendo ganas de acariciarlos y besarlos. Ella sentía otro tanto y hubiera querido acariciar y besar al que le parecía el más guapo de todos ellos, aunque quizás no lo fuera; pero entonces comprendió que sus manos estaban articuladas a los brazos, y que estos pertenecían a su cuerpo, y que su cuerpo no era dueño ni de sus manos ni de sus brazos.

Después escuchó la voz de su madre:

—Emilia, ponte el vestido que tiene la cinta rosada y tres botones en el cuello.

Emilia se lo puso.
—Emilia, no le des la mano al muchacho de la feria.

Entonces caminó hasta el aserradero de su padre y escuchó el chirriar de los metales. Tuvo un poco de miedo, pero pensó que era mejor que su cuerpo no tuviese la pertenencia de sus manos, que su madre quedaría contenta con la venta de la feria, y que el obrero las podría comprar con el jornal que le pagaba su padre.

El padre le dio un beso cuando la vio llegar. Se alegró que tomara la decisión deseada por todos y que le permitiría formar parte del mundo de las finanzas, porque con lo que iba a ganar con la venta, le abriría una cuenta en el banco que serviría de dote cuando se desposara. Entonces, aquel obrero que la miró desde la calle y que ella deseó acariciar con las manos atadas al cuerpo, fue llamado por su padre. El padre le dijo:

—Mira, corta las manos de mi hija para la venta de la feria. Ella lamenta la posesión de su cuerpo sobre ellas. Te pagaré por tu trabajo.

Al muchacho obrero le gustaron aquellas manos articuladas más arriba, y vaciló al pensar que tendría que quebrar aquellas delicadas muñecas, lamentando hacer lo que le ordenaban, pero pensando que con el dinero del trabajo podría comprar las manos en la venta.

La joven salió con los brazos de las manos manchados de sangre.

—Mira, mamá, —le dijo recogiendo las manos del suelo—, te las voy a regalar para que las vendas en la feria.

La madre tomó las manos y le dio un beso en la frente.

—¡Se venden las manos más lindas del mercado! —gritaba el campesino vendedor—. ¡Cortadas en el aserradero de la feria!

El muchacho hizo una larga cola y compró las manos que se vendían. Se detuvo en la esquina y habló con la muchacha manca de la venta.

La joven quiso acariciarlo con las manos que ya no le pertenecían, que le había dado a su madre para la venta campesina de la feria, que había comprado el obrero con el dinero pagado por el patrón al hacer el trabajo del aserradero. Contempló las manos muertas en las manos del joven, sin poder simular la caricia deseada, sabiendo que no podría hacerla. Entonces comenzó a llorar.

—No llores —le dijo el muchacho—. Ya sé que no tienes manos y que no las puedes vender. Es una lástima. Pero, de todas formas, te puedes cortar los cabellos y venderlos en la feria. Hay compradores para todo. Hasta iré donde mi patrón se encuentra y le pediré el jornal del mes entrante para poder comprarlos.

II

Así sucedió: la muchacha se cortó los cabellos con las tijeras de su madre y se pusieron a la venta, el muchacho le pidió al patrón el jornal del mes entrante y se situó en la cola de la feria.

—¡Se venden los cabellos más bonitos que se puedan vender! —gritaba el campesino vendedor. —¡Cortados por las tijeras de la madre de los cabellos!

El jornalero decidió comprarlos para tenerlos en el cuarto de su casa. Los compraba con el dinero que le adelantó su patrón, el padre de la joven que vendía sus cabellos.

Hizo la cola de la feria.

—Mira —le dijo al campesino vendedor—, aquí te doy el dinero de mi patrón, correspondiente al próximo mes de mi trabajo. Dame los cabellos de la venta.

Al salir de la feria se encontró con la niña manca y sin cabellos.

—Es una lástima no tener ni manos ni cabellos —le dijo—. No los puedes vender en la feria. La hija del patrón los tenía muy bonitos. Ayer compré unos cabellos como los que no están en tu cabeza y unos días antes unas manos como las que tú no tienes. Si tuvieras algo que vender, le pediría a mi patrón el dinero del mes que comienza con la conclusión del próximo y lo compraría en la venta de la feria.

—No, es mejor que no venda en la venta de la feria.

—De todas formas, cuando cobre el dinero del mes que comienza cuando concluya el próximo, compraré un arca dorada para guardar las manos y los cabellos.

La joven se quedó llorando y la gente se reía al verla sin cabellos y sin manos. En la feria escuchó que se vendían muchas cosas y que los negocios florecían por las provincias. Pero la gente le decía, contemplando las manos que ya no estaban y los cabellos que se había cortado, que no tenía objetos para la venta. De vez en cuando contemplaba el paso del joven jornalero del taller a la casa o de la casa al trabajo. Todos los días la joven deseaba acariciarlo con las manos que ya no tenía, con las manos y los cabellos que yacían en un arca dorada donde el joven las había guardado. Y todos los días el joven, antes de irse al trabajo, abría el arca y contemplaba las manos y los cabellos que allí estaban, sin atreverse a tocarlos, pensando que quizás, cuando regresara, las manos podrían acariciarlo y él, entonces, podría acariciar los cabellos. Pero cuando regresaba al anochecer después de un largo día de trabajo, las manos y los cabellos seguían inmóviles y yacentes tal y como los había dejado, por lo cual volvía a cerrar el arca, esperando hasta el alba para ver si ocurría lo que tanto deseaba, sin que al amanecer ocurriese nada y posponiéndose tal posibilidad un día tras otro, de la mañana a la tarde y de la tarde al amanecer. El obrero miraba las manos y los cabellos con desconsuelo pensando que no fue muy buena compra, porque aunque ahora eran suyas las manos y también los cabellos, era como si no lo fueran.

Por eso ninguno de los dos quiso volver a la venta de la feria.

ABONO PARA LA TIERRA

I

El fango nos ata a la tierra como lo hace con sus plantas, y las raíces sienten el poder de sus paredes. No se puede escapar, porque la cárcel tiene rejas poderosas unidas a sus muros de cemento, porque el presidiario lo sabe, porque la lima salvadora no le llega. Por eso acatamos el secreto de muchas cosas.

—Me voy a trabajar al campo, —le dijo el campesino a su mujer.

Desde la ventana, ella lo vio alejarse y quiso detenerlo. Llevaba la vara en la mano y con ella dirigía a los bueyes caminando por la vereda.

Por eso corrió desde la casa por el camino, gritándole:

—¡Santiago! ¡Espérame, Santiago!

El campesino volvió la cabeza, observando a la mujer en lo alto del camino, llamándolo y corriendo, con la pobre casa al fondo y los campos verdes más al fondo de la casa. Se detuvo, dejando que su mujer corriese hacia él, que lo abrazase y le dijera:

—No quiero que vayas al sembrado.

Pero el hombre sabía que los bueyes esperaban adelante, que esperaban la orden de la vara en la mano.

—A los bueyes les gusta que les peguen —le dijeron un día.

—A los bueyes les gusta que les peguen —le dijo a su mujer.

—Lo sé, —le respondió ésta—, mi padre lo hacía cuando iba rumbo al sembrado, y lo hacía después en el sembrado, y lo hicieron el abuelo de mi padre y de mi madre, y los abuelos de los unos y de los otros, y lo han hecho los abuelos de todos los hombres conocidos y por conocer. Eso no importa. Pero yo represento la casta de las mujeres. Y todos mis antepasados femeninos han llamado a los hombres desde la vereda, diciéndoles día tras día que no vayan al sembrado. En realidad, no sé dónde está la causa por la cual los llamamos, pero como mi madre lo hizo, y lo hicieron las abuelas de estas, yo lo haré cada vez que te vea marchar con los bueyes por el camino. Es algo que se intuye, se hace y no se sabe.

Se dieron un beso y el campesino siguió su camino, dirigiéndose al sembrado y pegándoles a los bueyes con la vara. La mujer volvió la espalda y regresó a su casa sintiéndose un poco derrotada, aunque satisfecha de haber hecho lo que hizo, porque había hecho lo que le correspondía a las mujeres de su casta.

«Me voy a mirar el retrato de mi madre, que es como si mirara el de mi abuela, y no miro los otros porque no los tengo, pero es como si las estuviera mirando a todas ellas, porque todas se parecen» —pensó—. «Ellas sabían tanto o menos que yo, y poco podrán contarme, pero todas sabemos que las cosas suceden unas detrás de las otras».

Mientras el arado penetraba en el surco, la vara del campesino les pegaba a los bueyes, porque la tierra era árida y seca y había que rasgarla como si fuera la piel que se rasga con un cuchillo, porque si no se hace así no caería la semilla y no habría cosecha. Los bueyes cumplieron su misión recibiendo los golpes y arando la tierra, como habían hecho sus antepasados. El sol cumplió la suya dejando que sus rayos cayeran sobre las espaldas de los bueyes y el lomo del campesino, haciendo que el sudor corriera sobre la piel como corren las aguas de los ríos, empapando la tierra, que la bebía con la sed de siempre y como si ganara la partida. En realidad, no era la tierra la que triunfaba, porque el filo del arado la perforaba, haciéndole heridas que sangraban y porque el sudor era salobre como las lágrimas. Pero aquel ritual se había repetido una y otra vez y se desconocía su principio y su fin, por lo cual seguía repitiéndose.

Ni el campesino, ni su mujer, ni los bueyes, ni el arado, ni el sudor, ni la misma tierra, conocían el verdadero origen y significado de aquel ciclo, pero bien sabían que eran ritos que tenían que cumplirse.

II

Como estaba escrito, todas las mañanas la mujer corría hasta lo alto del camino, siendo esperada por el campesino, escuchando éste las mismas palabras. Hasta los bueyes y la vara en la mano parecían escucharlas.

Un día llegó a la casa un hombre preguntando por el campesino, a lo que contestó su mujer que su marido trabajaba en el sembrado con los bueyes. A regañadientes, porque era una cuestión de cortesía que así lo hiciese, lo invitó a pasar, le brindó un asiento y le ofreció una taza de café.

—Le vengo a hablar de la venta de la feria —le dijo.

Entonces la mujer contempló el retrato de su madre, y vio en ellos los ojos de ella, los de su madre y los de su abuela, interrogándoles con aquellos ojos de sorpresa que ahora tenía bien abiertos.
—Todas las mujeres de mi casta tenemos los mismos ojos y se parecen tanto, según me cuentan los que los conocieron, que tal parece que son los mismos ojos que pasan de una a otra generación. Es por eso que nos repetimos y, a larga, hemos visto lo que ya los otros ojos vieron.

No se sorprendió el visitante, porque otro tanto le pasaba a él con los ojos que llevaba, que muchos pensaban eran los de su padre y de su abuelo, y por el estilo le pasaba con los ojos de aquellas mujeres que parecían, efectivamente, los mismos que ellos habían conocido. Sólo faltaba por escuchar lo que ella iba a repetirle, aunque ya antes se lo habían dicho.

—A mi marido no le interesa la venta de la feria.

Había nubarrones en el cielo que amenazaban tormenta, por lo cual la mujer le aconsejó al visitante que era mejor que partiera antes que comenzara a llover, porque allí las tormentas eran borrascosas, los ríos se desbordaban y se interrumpían las comunicaciones por días y por semanas, hasta por meses y también por años. A toda costa ella quería que aquel hombre se fuese, porque nada bueno tendría entre manos, según parecían indicarles los ojos de su madre y de su abuela, repitiendo de una forma decidida, pero que de antemano sabía que era inútil.

—A mi marido no le interesa la venta de la feria.

Fue totalmente ocioso, porque el hombre sonrió veladamente y se acomodó en la silla, dejando ver claramente que estaba dispuesto a esperar. Con la vista fija en el camino, esperaba divisar de un momento a otro, primero, a los bueyes, y después la vara del campesino y él tras ella. De nada le valió a la mujer tejer nuevos argumentos, contando largas y tenebrosas historias de terremotos y huracanes, ríos que se desbordaban y se lo llevaban todo de encuentro, haciendo la historia detallada de un centenar de desastres naturales que podían acaecer nuevamente y poner en peligro la vida de aquel visitante que no estaba acostumbrado a calamidades semejantes, sobrada razón para que se fuera lo antes posible. Estas narraciones ofrecían un efecto contraproducente, porque la mujer (como había ocurrido con todas la de su familia) se expresaba como habilísima narradora y, por extensión, gran intérprete y actriz, matizando las oraciones con modulaciones que iban del espanto y el llanto a la risa y la ternura, casi arrastrada por aquel papel encomendado a las mujeres de su familia, que parecían entrenadas por algún desconocido teatrólogo de alguna sofisticada escuela de actuación de la que ella no tenía la menor idea; por todo lo cual lo menos que quería el visitante era irse, sino que estaba dispuesto a quedarse todas las horas que fueran necesarias para disfrutar de aquel estupendo monólogo, ya que él apenas tenía oportunidad de emitir algunas vagas interjecciones y monosílabos. Tal y como lo cuento, la larga espera pasó en un dos por tres, y cuando más en suspense estaba por saber el resultado de aquellas calamidades que podrían ocurrirle si no se largaba de inmediato, tuvo decididamente que lamentar que el marido se apareciera con la vara y los bueyes en lo alto de la vereda, dejando en el aire el final de aquella fascinante historia que no terminaba nunca.

A su llegada, el visitante se presentó, diciendo que era un consumado hombre de negocios que venía a hablar con él de la venta de la feria, donde los negocios se realizaban y prosperaban las finanzas; interrumpiéndole después el campesino para decirle que sabía quien era y a lo que venía, y que desde hacía algún tiempo lo estaba esperando.

—Vengo a hablarle de la venta de la feria —le dijo el visitante.

—Lo sé —le respondió—. No tienes que decirme muchas cosas para conocer el motivo de tu visita. Pero los ritos lo exigen y los ritos son sagrados y no pueden interrumpirse, y si no pueden interrumpirse habrán de realizarse como si se conociesen. Debemos comenzar nuestras discusiones no iniciadas empleando las palabras al efecto, porque los acuerdos habrán de tomarse gracias al lenguaje.

—Tienes razón y por eso he venido a hablarte de los negocios de la venta, que tienes que llevar a efecto y no puedes dejar a un lado.

—Y no los voy a dejar —expresó el campesino con firmeza.

La mujer sirvió el café en las tazas que estaban sobre la mesa, frente a su marido y el visitante, y se sentó en el rincón más apartado, aguardando su turno en la charla, no importa lo larga que fuera la espera.

—Es mejor que no vayas a la venta de la feria —dijo finalmente—. Podemos comer lo que sembramos sin necesidad de recurrir a transacciones innecesarias. Mis razones tengo.

—Mi mujer es reaccionaria —le dijo el campesino al visitante—. Todas las de su casta lo han sido, pretendiendo cambiar el destino de lo que no puede cambiarse. Pero si la situación de la tierra ha sido la misma desde que el primer campesino empezó a cultivarla, es inútil el cambio de los ritos. Por eso tú tenías que venir, mi mujer ha dicho lo que tenía que decir y yo haré lo que a mí me corresponde.

Así concluyó la charla, acordando después que habrían de reunirse en tal y cual fecha para llevar a efecto transacciones en la feria. Y la mujer comprendió que su turno había concluido y que era inútil que hiciera otro comentario. No le quedaba otro remedio que guardar silencio, y dándoles la espalda a su marido y al visitante, se quedó mirando al camino que llevaba a la venta de la feria.

III

Todo sucedió según las reglas del juego: el campesino vendió el producto de su trabajo y su sudor, le pagaron mucho menos de lo que él había pensado y muchísimo menos de lo que debieron pagarle, con lo cual pudo comprar menos todavía de lo que quiso haber comprado.

«El dinero de la venta apenas alcanza para la compra» —se dijo.

—Siempre se puede comprar algo —le dijo el astuto comerciante como si lo hubiera escuchado—. La tierra es dura y tienes que trabajarla mucho más todavía, porque no has sembrado bastante. Con el dinero que te he pagado por lo poco que cultivaste, debes comprar sacos de abono para la tierra, por lo mucho que tienes por cultivar, y que, precisamente, tengo a la venta a un precio que te conviene, que es exactamente el mismo que te acabo de pagar, y así tendrás el próximo año mejores cosechas ya que los sacos que me vas a comprar contienen los mejores abonos para la tierra.

En parte sabía lo que estaba sucediendo y que los negocios que tenía por delante no serían mucho mejores que los que aquel día había hecho, pero el sagaz comerciante le hablaba como le había hablado a su padre, y no quedaba más remedio que hacer el papel que le habían sido asignado.

Todo sucedió como tenía que suceder. Allí en el carro quedaron los sacos de abono para la tierra, para que el caballo arrastrara la pesada carga durante el empinado trayecto, para que los bueyes sudasen durante la próxima siembra, para que el campesino continuase sudando durante el resto de sus días. Sintió durante el trayecto la presión de la tierra, los tentáculos alargados transformados en rayos de sol, en sudor agrio, en piedras atravesadas en los surcos. Porque la vereda conducía a su casa, y su casa al campo de cultivo, y el campo de cultivo al trabajo, a la herida inútil de la tierra y al sudor inútil del arado. Pero las cosas son así si no hay modo de librarse de ellas, si los negocios son nulos y no podemos comprar otra cosa que abono para la tierra.

Cuando divisó su casa al final de la empinada cuesta, su mujer estaba en el marco de la ventana tal y como la había dejado. Se dio cuenta que nada tendría que decirle, porque ya lo sabía de antemano, y que a pesar de todo ella no dejaría de quererlo, porque tenía la dignidad de las mujeres de su casta.

A la mañana siguiente el campesino se alejó por la vereda con el carro del abono y la vara en la manos dirigiendo el paso de los bueyes. Llevaba el paso de la mañana primera, aunque un poco triste y taciturno.

Entonces la mujer sintió los ojos de la casta de su abuela fijos en los suyos, contemplando la ventana abierta, el cielo azul, los campos verdes, todo el esplendor de la mañana. Y comprendió su misión, queriendo realizarla de forma cabal, corriendo una vez más hasta lo alto de la vereda y llamando a su marido:

—¡Santiago! ¡Espérame, Santiago!

Y el campesino volvió la cabeza, observando a la mujer en lo alto del camino, llamándolo y corriendo como la vez primera, con la casa al fondo y todo el campo sembrado rodeándolo todo. No temió entonces que el ciclo se repitiese, que las cosas sucediesen como habían sucedido, alegrándose tal vez de que todo lo ocurrido porque, después de todo, estaban juntos. Le pareció que las cosas sucedían de la forma que eran, y que era necesario el abono en el carro para la existencia de la mujer en lo alto del camino. Escuchó las mismas palabras que dijo la vez primera y el mismo abrazo:

—No quiero que vayas al sembrado.

Sintió los bueyes y el carro con el abono esperando sus órdenes y la tierra esperando que su ciclo se cumpliese, comprendiendo que las cosas eran como tenían que ser, y quiso responder igual que antes:

—A los bueyes les gusta que les peguen.

—Lo sé —le respondió la mujer—, mis antepasados hombres así lo han hecho, pero yo represento la casta de las mujeres.

Repitieron las mismas cosas sin acordarse que iban a repetirlas, pero las palabras y los gestos volvían para que se repitieran, mientras en el surco caía el abono para la tierra.

LA LUNA DESAPARECIDA

Teoría de la música

Antes, cuando todo era igual al primer murmullo, existieron en el cántico del otro. Se asomaba a la ventana la mujer para ver llegar al marido, siendo contemplada por el hombre que se alegraba de verla en el marco. Le besaba el pecho cuando se sentaba cansado sobre la silla, alegrándose el hombre de ser besado. Todo era de la forma aquella. Las pupilas reflejaban el rostro ajeno y uno existía en las del otro. Sólo así podía elaborarse el pentagrama, componer y ejecutar la sinfonía

Todo dura hasta que ya no existe y todo existe hasta que deja de ser. Pero nadie sabe como comienza. Ni cuando termina. Ni el hombre que lo siente ni la mujer que muere. Entonces antes *es distinto.*

El hombre se sienta solo y ajeno sin poder ver a la mujer en la ventana (un marco que ha perdido su retrato) ni sentir el beso. Y la mujer desaparece al sentirse sola bajo las estrellas del lago. Y el hombre desaparece. Y las estrellas desaparecen. Y nada queda.

Naturaleza muerta

Nada vio en el marco de la ventana cuando regresó del trabajo, ni notó que algo faltaba. La ventana vacía daba al comedor desierto con la mesa puesta. Arriba, las estrellas desproporcionadas. El comedor desierto con la mesa y las frutas en la bandeja. Antes, ¿había estado distinto antes? No, siempre había estado *igual. Vacío, siempre vacío. Si estuvo con alguien alguna vez, él no lo sabía en el momento de ahora. Entonces, estuvo desierto siempre.*

De pronto, una voz:

—La mesa está puesta.

¿Una voz? ¿Qué es una voz? ¿Había oído algo alguna vez? ¿Quizás antes? ¿Antes? ¿Qué quiere decir eso? ¿A qué sonaba? ¿Y eso que decía: «La mesa está puesta»? Sí, la mesa estaba allí y las frutas en la bandeja. Pero... ¿qué significaba aquello? ¿ALGO? ¿NADA? ¿Un cuchillo? ¿Un vaso? ¿Un tenedor? ¿Un plato? ¿Una cuchara? Todo era nada. El cuarto estaba desierto y él estaba en la soledad del cuarto, sin que nadie lo pudiera sacar de aquel espacio, de aquel plano en que lo habían dibujado, del lugar inaccesible que habitaba, preso en el lienzo.

De nuevo oyó la voz:

—Ven, acércate.

Instintivamente, el hombre se llevó la mano a una de las orejas y formó la concha de un caracol que quiere escuchar el vaivén de las olas, porque pensó que era allí por donde penetraba aquel eco. Pero, ¿cómo saberlo si nunca —creía él— había oído nada? ¿Por qué la mano en aquella parte del cuerpo? ¿Cerca? ¿Lejos? ¿Dónde el espacio? Además, ¿que importaba la mano, el oído... el cuerpo? ¿El cuerpo? ¿Qué era el cuerpo? Posiblemente nada.

*T*odas las palabras carecían de significado. Como nadie parecía decirlas, procedían de la noche en una materialización impalpable que no pertenecía a nadie. La voz dejó de decir algo (de sonar) y escuchó tan solo el tic-tac regular del reloj cuya simetría acústica le llamó la atención, como si fuera (no tenía sentido lo que «oyó» como comparación) un lenguaje. No sonaba el péndulo colgado bajo las manecillas, porque el tic-tac formaba parte del silencio de la noche, (donde absolutamente nada se oía,) que no estaba interrumpido por él o por el reloj.

*E*ntonces se puso de pie. ¿De pie? ¿Sentado o de pie? ¿Era algo aquello? Caminó hasta la puerta del comedor, atravesó una sala sin espacio, y llegó hasta el portal. La luna nueva estaba en lo alto y tenía la forma de un cuchillo curvo y abierto. El cielo azul fungía de telón de fondo y la hacía resaltar. Unas estrellas incandescentes titilaban dentro del azul cobalto. Había una quietud misteriosa ausente de llamadas, como si fuera una noche suspendida. Atrás la casa, con una puerta anterior, de frente a la noche, directamente, adelantándose al proscenio; y otra trasera que daba al campo, e indirectamente a la noche, que hacía de telón de fondo. Sobre el rojizo tejado de la casa, la noche también, en forma de domo gigantesco, más bien románico. Desde la puerta al frente, por donde había llegado, pudo observar el cuchillo arqueado de la luna. Volvió la cabeza y, de plano, se encontró en la puerta posterior y observó lo mismo, como si él nunca hubiera cambiado de lugar y toda dimensión hubiera desaparecido. A sus espaldas sólo intuyó el campo y la casa vacía. Más bien un telón pintado. No había nadie. Estaba absolutamente solo.

Caminó bajo la luna y las estrellas un tanto desproporcionadas. La casa estaba a orillas del lago y se acercó a la orilla., inclinándose para verse. Sus cabellos centelleaban en el fondo del agua, como si fueran parte del arco afilado de la luna. Sus ojos se oscurecían en el agua de un verdor negro donde se ensimismaban. Las estrellas bajo el cielo engalanaban el espacio que lo rodeaba en un espejismo líquido. A punto de caer, rápido, volvió la cabeza como si alguien lo llamara y contempló el cielo directamente, sin utilizar el espejo del agua. La luna seguía allí, con su cuchillo.

Entonces oyó algo así como una voz:

—Ven, no quiero que te vayas.

Él, al volverse nuevamente para cerciorarse de donde venía la voz, no pudo identificarla, a menos que fuera la luna la que le hablara. Sin embargo, la noche estaba en silencio: el cielo, las estrellas desproporcionadas, el persistente arco de la luna .

«¿Quiero? ¿Querer? ¿No quiero que me dejes? ¿Ven? ¿Adónde? ¿Con quién? ¿Dónde la voz? Y lo que es más, ¿dónde el significado?»

A medida que se sumergía, los cinco sentidos se iban más lejos, en un viaje insondable: el tacto dejaba de tocar, el paladar perdía los sabores, el olfato ignoraba los olores, la vista se anegaba en el negro, el eco se desprendía del sonido.

*S*ólo la soledad. La casa vacía, los campos vacíos, la luna vacía, las estrellas vacías. Entonces sintió algo así como miedo, sin poder reconocerlo porque nunca lo había sentido.

Teoría de la relatividad

*A*dentro, en lo más profundo de la raíz que se desborda o apenas late, sólo allí la soledad o la presencia ajena; sólo allí. En el exterior, todo, ir y venir, partir, quedarse, volver o no volver; en el interior, movimiento insomne, nada. La mujer y el hombre desaparecen, la mujer desaparece para el hombre y queda para ella misma sin el hombre, para ella misma y no para el hombre.

*L*a mujer no es observada por el interior del hombre observándose a sí mismo. ¿Existe? El hombre no es observado por el interior del hombre observándose a sí. ¿Existe acaso? Una ecuación exacta, precisa, nos determina y, lo que es más, nos elimina.

*E*l profundo interior de uno como base de la existencia; para el interior ajeno estamos muertos. Entonces no importa esa existencia única y sola bajo la noche. No existimos, porque existimos en nuestra única existencia interior. Nada, tan solo las estrellas y la luna desproporcionadas. Pero las estrellas y la luna también desaparecen.

Calistenia de los desaparecidos

Ella no se había quitado del marco de la ventana. Temía. Lo esperó con ansiedad constante, pero al tocarse no se notaba, como si no estuviera allí. Por eso, cuando lo vio acercarse por el camino bajo la noche que comenzaba a caer como un manto, cuando lo vio deambular por el espacio de la casa, entre aquella naturaleza muerta que había dispuesto con esmero como un pintor en el lienzo, sintió que su propio cuerpo no estaba allí. En el espacio vacío que ella misma ocupaba, lo veía llegar en el hueco de la noche.

Desconcertada dio un paso hacia atrás, como buscándose. Si ella misma pudiera encontrarse él entonces sería capaz de verla y darle la forma que, aparentemente, había perdido. Pero notó que sólo estaba en la medida intangible de ella, no para él; que sólo existía para su único interior. Emitió un sonido desconocido que reconoció como una voz ajena que había dejado de ser suya, porque lo que escuchaba con nitidez era el tic-tac del tiempo y dentro de él un ininterrumpido silencio.

—La mesa está puesta —*dijo.*

¿Dijo? ¿Cómo era posible que dijera? Ella no estaba allí y el hombre no reconocía la voz, ni el sonido ni el significado *¿La voz? ¿Era realmente una voz aquello que nadie decía ni escuchaba? ¿Lo podía ser una emisión que no se sabe a quién pertenece, cuyo*

significado se desconoce, cuyo sonido no interrumpe la soledad existente? Posiblemente el eco de una voz que dijo algo que se dijo alguna vez.

—Ven, acércate —*agregó como quien hace un experimento.*

Un espacio latente de sí misma vibraba como un latido que no se siente, ni se oye ni se ve, tratando de detectarse para ser y encontrar que no era ni había sido. Era por consiguiente la angustia suprema de lo que no era palpable, sino sonoridad de ausencia y que como tal no podía funcionar en la conjunción de movimientos omitidos. Una voz que no estaba era lo único que restaba, cual si fuera el aliento final de una voz emitida que expira. Quizás, en la nada tuvo un gesto, tratando de apresar un milímetro de algo.

Nada. El cuarto vacío. Las frutas cuidadosamente colocadas en la bandeja, dibujándose una naturaleza muerta que lentamente se diluía. Los campos desiertos, un páramo de arena, dunas: las estrellas desproporcionadas en lo alto, que debió ser el cielo.

Cuando el hombre se puso de pie ante la puerta del comedor y contempló el pictograma que tenía delante, ejecutado con astucia, no la supo a sus espaldas. Ella sintió la ausencia, la omisión para ser exactos, como si toda ella fuera un cuerpo omitido, un tejido de piel que ya no estaba. Lo vio acercarse a la orilla del lago, borrando el concepto de la distancia que era ya una noción ingrávida, pues no estaba y nada los podía separar.

Aquel desprendimiento sin partida la dejaba sola en medio de la noche y de la luna y las estrellas desproporcionadas de aquellas galaxias, de igual modo que se desprendía él en lo nulo. Aquella acrobacia era un salto mortal en un cielo sin malla. Mientras contemplaba sus ojos que se diluían en el agua, la luna le acariciaba el cuello con la hoz, a punto de cortarlo. Sus cabellos centelleaban en el fondo líquido como si fueran parte del arco afilado de la luna. Sus ojos se oscurecían en el verdor negro del agua como en una zambullida ensimismada. Las estrellas bajo el cielo engalanaban el espacio que lo rodeaba en el espejismo acuoso de una fosa submarina. Ella se llevó el vacío de la mano al vacío del grito, dejando de respirar, espantada por el desprendimiento de un cuerpo sin espacio. En el gesto supremo de un sobreviviente que no va a sobrevivir la sacudida brutal, se abrazó al pecho del hombre que en realidad ya estaba ausente.

—VEN. NO QUIERO QUE TE YAYAS —*grito, pero ya ella (él) se había (habían) ido.*

«*¿Quiero? ¿Querer? ¿No quiero que me dejes? ¿Ven? ¿Adónde? ¿Con quién? ¿Dónde la voz? Y lo que es más, ¿dónde el significado?*»

Cuando se volvió, ella no estaba, porque no pudo reflejarse en aquella pupila (¿de él? ¿de ella?) que no miraba. Se desprendía del sonido, se diluía en la desaparición del tacto, se omitía en la oscuridad, se desarticulaba en los olores y se disolvía en el sabor de la nada mientras la luna seguía allí, con su cuchillo.

Saldo

Sólo la luna y las estrellas desproporcionadas. Sólo la luna y las estrellas desproporcionadas. Sólo la luna y las estrellas desproporcionadas.

Sólo la soledad. La mujer y el hombre desaparecidos en medio de la noche. El campo solitario bajo las estrellas y la luna. Sólo la soledad. Ningún interior creando la presencia ajena. Sólo la soledad tan solo.

Pero, ¿acaso estaban la luna y las estrellas desproporcionadas? ¿Acaso estaba el campo bajo la luna? Como una naturaleza muerta, las frutas sobre la mesa, el espacio donde estaban las frutas, los cubiertos y los platos, la mesa, no estaban tampoco. ¿Acaso existía algo bajo la luna? Nada (¿nadie?) existe (¿existe?) sobre la tierra (¿tierra?) para mirar las proporciones de los objetos y su brillo. ¿Su brillo? ¿El brillo de lo desconocido? ¿Quién era el lector que leía las palabras? ¿Las palabras? ¿No era aquél el punto final que todo lo omitía?

Entonces todo desapareció. La mujer y el hombre desaparecieron. Desparecieron la luna y las estrellas. Sólo la soledad.

Sólo la soledad tan solo.

EL PARAJE OLVIDADO

I

Ahora que los años han pasado, los colores se dibujan a mis ojos de forma diferente, supongo de la forma que son. Hubo un momento en que olvidé los motivos que me llevaron a buscar la compañía supuestamente querida de mis padres. Pero antes, en aquel presente que me hacía evocar erróneas figuras de la tierra inicial, lo supe como ahora. Era la distancia hermoseando las cosas y la forma terrible de la realidad que me rodeaba: figuras extrañas abigarradas con un centenar de circunvoluciones volviendo al lugar de partida, monstruos en espiral que revoloteaban como murciélagos nocturnos, hombres hablando y mintiendo, estableciendo conceptos falsos como si se tratara de la verdad (esa verdad humana de los titulares periodísticos cubriendo la primera página con enormes cintillos de noticias escandalosas y falsas, pregonadas después en las primeras planas de los muchachos gritando en medio de la calle ante las ventanas abiertas a la verdad falsa del primer titular), mujeres cantando en medio de la calle bajo la luz de los faroles de acera y café; por otro lado la evocación fluyendo en mí: mi hogar tierno y mi madre apretando mi brazo a mi llegada y haciéndolo suyo en trazo egoísta, mi padre sentado al fuego y fumando en su pipa (entonces el humo de la pipa y el humo del fuego se unían en su centro, y el humo de la pipa y el fuego recorría suavemente la estancia y llegaba hasta los rubios cabellos de mi hermana), mi hermano mirando a mi padre con sus ojos negros como los míos y sus cabellos castaños despeinados, mi hermana más allá junto a la ventana y frente a la noche y, superpuesta, como si se le hubiera escapado a la luna, la imagen de aquella muchacha desconocida, tendida sobre la hierba, sus hombros desnudos y su piel apenas rozándome la barbilla, con una fragancia húmeda de arena mojada. Por eso fue que anhelaba llegar prontamente al pueblo en el cual había nacido, del cual me había separado pasado los primeros años de mi infancia y del cual no me acordé entonces como era, sino como mis ojos lo habían creado sin verlo ante un presente que detestaba.

Mis años en C... no fueron ciertamente felices. Allí realicé estudios de bachillerato, dominados en aquellos tiempos por fundamentos matemáticos contrarios a mi naturaleza. Por otro lado, en lo que se refiere a fiestas y diversiones propias de los jóvenes, y no en lo relativo al estudio, importándome más lo primero que lo segundo, era el baile lo fundamental, basado a su vez en razones matemáticas. De aquella forma, era fundamento necesario para el dominio de lo uno, el conocimiento de lo otro. Interesaba la ciencia no por sus principios sino por sus más groseros productos. Yo, siempre dispuesto y gustando de la meditación activa inutilizando al cuerpo, no comprendía las razones de mis maestros y me atreví a sugerirles argumentos menos exactos pero más profundos.

—Lo matemático es falso —les dije— porque las matemáticas se basan en la igualdad numérica de las situaciones, y porque la igualdad numérica no existe: si dos hombres de igual estatura y peso han nacido en lugares diferentes aunque cercanos, esos dos hombres nunca serán iguales por motivo de la distancia; y si han nacido en el mismo lugar, y lo que es más, de los mismos padres y en un mismo parto, tampoco serán iguales ya que uno viene con la dádiva de primero y el otro con el estigma de segundo. Una razón matemática inicial, basada en la diferencia, viene a desvirtuar los principios de igualdad aparente del cual parten sus operaciones. Uno más uno nunca serán dos.

Tales conceptos no fueron escuchados por nadie y los estudios continuaron dominados por las matemáticas y el baile por sus fundamentos. Por tal motivo, aunque me fue imposible excluirme de lo primero, pude y tuve que hacerlo de lo segundo.

Todos los domingos había baile en el colegio, y aunque una vez intenté formar parte de la danza para luego no volver a intentarlo, no pude dominar los principios del movimiento. No puedo explicar en qué consistían, porque si bien los problemas matemáticos en las cuestiones teóricas del estudio eran perfectamente dominados por la memoria actuando contra la razón y la lógica, no lo eran de igual forma las cuestiones prácticas del baile, que sólo recuerdo bajo los principios de una mecánica pragmática inalterable. Un error en un paso no sólo equivocaba a la compañera, sino a la pareja situada al lado y a las parejas situadas atrás y adelante. Estas a su vez equivocaban a las siguientes, confundiendo sus propios pasos y los ajenos, y el error, debido inicialmente a una incapacidad individual de mi parte, se convertía en una falta de control colectivo que conducía a un caos absoluto entre todos los integrantes de la danza.

Entonces recordaba la infancia pasada y mi futuro, anhelando el regreso al hogar mío y de mis padres. Ahora sé que lo recordado no era mi verdadera infancia, sino una infancia triste y desolada transformada por la memoria y el olvido. Y sé también que la infancia añorada en C... sólo existió en un pensamiento que se engañaba a sí mismo, recuerdos de lo que nunca había ocurrido, y si entonces estaba fuera del baile y los estudios, antes lo estuve del juego y mis hermanos. El ayer recordado no era el ayer verdadero: yo tras la puerta, llorando callado tras la puerta, escuchando las palabras que establecían los principios; los otros niños jugando en la calle y siguiendo las reglas del juego establecidas por sus padres y sus abuelos; normas y regulaciones que martillaban en mi cerebro; yo fuera de lugar —oculto entre la puerta azul y la pared blanca: ahora sé que fue mi único lugar—; los principios olvidados metidos dentro de aquella entidad que era yo, actuando en el fondo de la conciencia y haciéndome chocar contra las cosas, caer, golpearme; los principios de todos los demás escalando por las paredes, subiendo por las balaustradas, entrando por las ventanas, enredándose alrededor de mi cuerpo y de mis sienes que no entendían nada. Tal era el ayer verdadero y no el ayer evocado en aquel entonces de mi más reciente soledad. Después imaginé el futuro que era, y el ayer y el futuro que no eran se unían en choque con el presente verdadero.

Comprendí que aquél no era mi lugar en el espacio, que la gente formaba una unidad a la cual no pertenecía, que yo era un ser desconocido para todos. Desde la ventana de mi cuarto observaba el chocar del mar contra las rocas y los cuartos oscuros del ala este. La luna penetraba por la ventana e iluminaba con sus rayos el rostro de mi compañero dormido sobre la cama situada junto a la ventana. Por un instante me sentí cerca de él, que los dos estábamos en la misma noche y en la misma soledad, en la misma prisión y circunstancia; pero recordé su dominio matemático y del baile, y sus pasos exactos sobre los mosaicos cuadrados del salón en un rígido y preciso contrapunto en blanco y negro. Por un momento dejé de respirar, temiendo que despertara.

II

Por eso fue que cuando concluidos mis estudios y en posesión del título correspondiente, abandoné C.... para regresar al lugar en el cual nací y en el cual pasé los primeros años de mi vida, sentí la cercanía de las cosas en las cuales estaba mi lugar. No comprendí, como ahora lo hago, que mi lugar tampoco estaba allí, y que nunca lo encontraría. La esperanza, siempre presente —un instante a veces: los cabellos deslizándose sobre los hombros y la carne de los hombros ofreciéndose bajo y sobre ellos como arena mojada, la ilusoria presencia de un amigo, el instante transformando la soledad más profunda en compañía— llenaba mi alma con la ilusión de alcanzar puerto seguro.

Aunque mi regreso era esperado para fines de aquel agosto, la fecha exacta era desconocida por mis padres y mis hermanos. Llegué de noche. El muelle estaba desierto: yo después en él con mi desolada presencia y la de mi escaso equipaje. Al fondo se veían los adoquines de aquella calle centenaria iluminada por los faroles que creaban sombras humedecidas por la lluvia. El muelle me parecía una fantasía de mi propia imaginación, como si yo nunca hubiera estado allí y lo estuviera inventando en el momento en que a él llegaba. Las casas, solidamente construidas unas junto a las otras, pared con pared, se extendían como una precisa muralla a cada lado de la calle, de una forma irreal, y yo me veía entrando en un paisaje desconocido que había imaginado.

Al recorrer mi vista las paredes de las casas y creer reconocer el vecindario (la carnicería, la panadería, la dulcería, el puesto de frutas; el carnicero, el panadero, la mujer del panadero, la verdulera, y, principalmente, mis compañeros de la escuela) volvieron de inmediato mis primeros años: no como los había recordado en C..., sino como habían sido y como no supuse que fueron cuando los evoqué en el sueño, el tiempo y la distancia. Yo de pie, niño y pequeño, al lado del farol al lado de la casa, con los ojos envueltos en lágrimas y escuchando los gritos de los mayores y los niños. La casa ahora cerrada había estado abierta alguna vez, celebrando aquellas fiestas de onomásticos y aniversarios, risas y bailes. Los pasos precisos recorrían el piso de madera, volviendo sin error al punto de partida, repitiendo después el mismo paso y volviendo, saliendo nuevamente y volviendo a salir. Los niños bailaban en la calle junto a las niñas, con la misma precisión que lo hacían sus hermanos mayores y sus padres, y hasta sus abuelos dentro de las casas, como una calistenia que se heredaba de generación en generación. De aquella forma, me observé en cuatro lugares diferentes: bailando adentro en la sala, tratando de seguir los pasos y sin poder; bailando afuera en la calle, sin poder tampoco y junto a los niños que se burlaban de mí; de pie bajo el farol, mirando con mis ojos empapados en lágrimas el movimiento inútil de mis piernas imitando los movimientos ajenos dentro y fuera de la casa; y de pie con mi equipaje situado en el muelle.

Con un nudo en la garganta, apresuré el paso en dirección a mi casa, anhelando llegar. Al doblar la esquina me encontré dentro de una galería de pinos que se elevaban al cielo a lo largo de las aceras y divisé en lo alto de la calle la casa de mis padres, Ya más cerca, pude ver las paredes blancas y también el manto de madreselvas que cubría gran parte de ellas. El tejado rojo oscurecido por la noche y la chimenea por la cual salía un hilillo de humo, anticipaban la presencia familiar. Era como si fuera a entrar en un cuento de hadas que había leído en un libro infantil alguna noche de invierno. Sin embargo, yo era también el mismo de antes escuchando la música de la fiesta y el baile de los mayores y los niños. La luz de la sala iluminaba el jardín poblado de amapolas, geranios y nomeolvides. Temblando y como si fuera un intruso, me acerqué al picaporte y abrí la puerta lentamente, y observé el rostro de mi madre que tejía sentada en un sillón junto a la chimenea en la que ya se iba apagando el fuego. Me di cuenta, aunque descubría que era mi madre por el movimiento nervioso de su rostro y la actitud posesiva de sus manos, que no era como la había imaginado en mi ausencia, descubriendo en su cabeza inclinada, en su perfil aguileño y en la forma que se recogía los cabellos, con un moño un tanto retorcido, que no era ella exactamente, o cuando menos, como yo la había reconstruido en la distancia y el sueño. A mi padre y a mi hermano, y a mi hermana también, no los pude reconocer tampoco, aunque supuse que eran ellos por el motivo de estar en la casa de mi infancia y al lado de mi madre. Era que carecían del hecho general de ser padre y ser hermanos, salvo en lo negativo, porque no tenían ni paternidad ni hermandad, sino entre ellos mismos, a modo de clan que rechaza al hijo y al hermano. Y pensé que si yo hubiese sido el padre de ambos hermanos regresando de la ausencia, los hubiese desconocido también porque ellos sólo podían sentirse padres e hijos en el peor sentido, a modo de clan cerrado, como negación de una paternidad y una hermandad más amplia. Su egoísmo los distinguía dentro de una tribu de la cual me expulsaban. En ese momento en que yo los reconocía, se volvieron hacia mí para confirmar el rechazo. Me reconocieron al instante como el intruso que volvía a un territorio que le era ajeno. Callaron mi padre y mi hermano mi nombre, que bien sabían, y también mi hermana, diciéndolo solamente mi madre.

Noté que mi madre era en realidad la única que no me había reconocido físicamente, quizás porque estaba a punto de quedarse ciega, que era la mejor forma de ver, pero se dio cuenta que yo volvía y tenía en mi frente el espíritu del hijo, que para ella era inconfundible. Por el contrario, mi padre y mis hermanos, no obstante haber señalado diferencias circunstanciales en la forma alargada de mi rostro y el color de mis cabellos, me reconocían en la diferencia pero no en la identidad. Comprendí de inmediato la realidad de mi circunstancia y la posición equívoca en que me encontraba, como intruso que rompía el equilibrio familiar, oveja descarriada que debía haber permanecido como tal. Di nuevo valor al pasado; no al pasado anterior al regreso, sino al distante, al de mi propia infancia y adolescencia, al rechazo que había sentido siempre hacia mí el clan familiar por desconocer las reglas exactas del juego.

Al llegar, mis padres y mis hermanos interrumpieron el juego de las cartas de la baraja, que había servido desde tiempo inmemorial como acto ritual después de la cena. Era cierto que yo nunca lo había jugado bien, como me había pasado siempre gracias a mi imperfección congénita y mi torpeza, e inclusive mi timidez; pero se empeñaron en que lo hiciera, y como la partida estaba formada por cuatro jugadores y yo era el quinto, era inevitable que alguien dejara de jugar. Como es natural, fue mi madre la que se dispuso a sacrificar su lugar en el juego, cosa que hacía gustosa, para así poder celebrar mi regreso. Quedaba por decidir con quien jugaba, si hacía la partida como compañero de mi padre, o si jugaba con uno de mis hermanos. La situación se volvió difícil y embarazosa, pues era evidente que ninguno quería jugar conmigo y que todos estaban dispuestos a jugar en contra mía. No quedó más remedio que decidir, y mi padre, para no poner a sus otros dos hijos en la penosa situación de tener que jugar del lado en que yo me encontraba, decidió situarme a mi al otro lado de la mesa, como su compañero de juego. A poco de empezar a jugar me di cuenta que todo había sido una artimaña, porque aprovechándose de mi torpeza con las cartas, estaba jugando del lado de mis dos hermanos, para que perdiera, para que cualquier paso que yo pudiera avanzar con la carta que ponía sobre la mesa quedara anulado por alguno de mis contrincantes, inclusive mi padre, que jugaba en contra mía y prefería perder antes que compartir el triunfo conmigo. Mi madre, nerviosa, tejía malamente, sin acertar en las puntadas que daba, tejiendo y destejiendo su tejido. Esta situación no duró por mucho tiempo, ya que mi torpeza facilitó con rapidez el triunfo de mis hermanos y se dio por terminado aquel juego que jamás había sido.

Después de aquella derrota que dejó a los otros satisfechos, menos a mi madre, se decidió que era mejor irse a la cama, porque yo debía estar extenuado con tan largo y penoso viaje. Mi madre respiró aliviada, porque era evidente que la tensión había ido en aumento durante el juego y ella había esperado peor desenlace. Mi padre me dio un seco apretón de manos, mi hermano simuló un abrazo y mi hermana accedió a un beso cuyo aliento no llegó a tocarme las mejillas. Nunca me pude imaginar que me odiaran tanto. Sólo la ternura de mi madre y la intensidad de sus besos y sus caricias, su presión casi posesiva, compensó la profunda pena que me atravesaba, gracias al amor infinito que por mí sentía. Aunque la miré fijamente y no pude reconocer la presencia física de algún rasgo visto anteriormente, volcaba sobre mí una maternidad total que todavía llevo dentro. Aunque mi cuarto continuaba situado en el piso alto y aunque la cama era la misma, no lo pude reconocer como mío, porque las cosas que hubiesen podido identificar mi presencia anterior ya no se hallaban por ninguna parte. Los muebles estaban allí como habían estado antes, pero le habían robado mi las huellas que yo había dejado sobre las cosas. Todo relucía con un nuevo barniz que era la negación de mí mismo. Era como si me hubieran borrado. Sólo a través de la ventana pude reconocer lo que había sido mío: el paisaje nocturno que había recorrido mi mirada y mi propio llanto oscuro y solitario. Sentí que no estaba en mi lugar y comencé a soñar con C... y lamentar la penosa distancia que me separaba. Recordé la noche aquella en que asomado a la ventana contemplé el rostro de mi mejor amigo, con el que había compartido sueños e ilusiones, envuelto por la luz de la luna. Y también vino el recuerdo recordado de unos rubios cabellos cayendo sobre unos hombros desnudos, un cuello alado, y la tersura de una piel que apenas había tocado con la yema de mis dedos, un sabor y frescura de arena mojada que llevaba todavía en los labios. Como en una ensoñación de lo que no fue, sentí la transparencia de ella misma humedeciéndome en un éxtasis de caricias. No sabía quién era ni por qué la había recordado la vez anterior al presente recuerdo. Era una larga cadena de memorias imprecisas que quedaban superpuestas, disolviéndose la una en la otra. Solamente pude notar que la sentí lejana, y que aquella vez también la había sentido y que siempre había permanecido distante.

Corrí hacia la puerta al recordar el rostro de mi padre y de mi hermano, y también mi hermana, interrumpiendo los presentes recuerdos. La abrí rápidamente y me oculté tras ella, en el espacio que había entre la puerta y la pared, que era un muro que me aprisionaba. Desde mi escondite observé el paso de la luna frente a la ventana, el cuarto iluminado por la luna y mi propia soledad adolescente que lo permeaba todo, y sentí que retrocedía y lloraba como antes.

III

Día tras día el recuerdo de lo que no había sido empezó a roerme, manteniéndome en vela durante toda la noche. Principalmente, recordaba los pasillos góticos del claustro donde estaba ubicada la biblioteca y las inmensas estanterías con libros que abrían sus puertas a un centenar de conocimientos. El afán de saber se extendía por todas partes entre maestros y alumnos que convivían armónicamente en un mundo de lecturas silenciosas, de diálogo humanístico iluminado por la razón y la belleza. Como una gacela del medioevo, recordaba aquella joven que se perdía entre los jardines y volvía la cabeza cuando entraba en el elaborado laberinto donde, a punto de retenerla entre mis dedos, volvía a perderse. Otras veces en el bosque, entre la floresta, se escapaba vuelta follaje. Yo la seguía letra a letra, palabra tras palabra, oración tras oración, mientras se me escondía entre vocablos desconocidos, palabras que no podía comprender claramente, dichas en la penumbra de textos apenas iluminados y borrosos, donde estaba ella, intangible, en palabras que la formaban, en rimas y versos que creaban estrofas amatorias de alguna balada trovadoresca; un cuerpo que se deslizaba en el correr de los vocablos y en las pausas, en manuscritos iluminados, perfecta miniatura de pinceles góticos, inventada en cánticos medievales, escapándose aquí y surgiendo allá, cuando menos la esperaba, palabras envueltas en mi aliento pertinaz, en suspiros, rimas, languideces del lenguaje que la tejían y la destejían, casi desnudándola pero siempre cubriéndola con un velo. Esas palabras sobre todo me llamaban desde aquel fondo de mí mismo que se formaba en los espacios de C..., por donde yo caminaba en recuerdos que germinaban en mi cerebro, como una enredadera que trepaba por lo que era yo, una hiedra que me cubría y me atrapaba en el jardín de los recuerdos.

Inútil era que intentara explicarle a mi padre y a mi hermano, así como a mi hermana, algo de aquel paisaje de palabras que construía en mis insomnios y que evocaban aquella estancia perdida en C... Mi madre me escuchaba con atención, en la mejor actitud, pero se perdía en su propio tejido, mucho mas simple, un suéter de lana para el invierno, un poco de calor para protegerme del frío, sonriendo un tanto escéptica al escuchar el tejido de mis sueños, dormitando junto al fuego, sabiendo tal vez que me inventaba aquel lugar en el espacio donde no había estado nunca. Sonreía silenciosa y algo triste cada vez que yo intentaba contar aquellas historias de una ciudad que quedaba sumergida entre el ruido de las maquinarias de las fábricas de mi padre, los proyectos mercantiles que tanto entusiasmaban a mi hermano, las sumas y las restas que tan efectivamente calculaba mi hermana, procurando siempre saldos favorables, y el espíritu de empresa de todos ellos que los llevaba a incrementar las cuentas en el banco; fabulosas ganancias que, con cautela, pasaban a formar parte de nuevas inversiones en fábricas y comercios. Estaban dispuestos, me dijeron, a pagar mis estudios avanzados no sólo en las universidades de C..., sino en países extranjeros a donde podría ir si yo quería, mientras más lejos mejor, en los cuales el presente sería siempre el recuerdo. Y después, el sonido de las cucharas y los tenedores, los platos y las copas, dominaban el espacio de la mesa y yo quedaba sumergido en la ausencia. Era inútil que intentara decir algo porque nadie iba a escucharme, y mucho menos entenderme, ocupando un espacio donde acabarían por no verme.

De esta forma, llegó un momento en que pasaba los días y las noches encerrado en mi habitación, junto a la ventana, torturado por el recuerdo de un pasado feliz imaginado frente a un presente que me parecía estrictamente cuadriculado. Otras veces, cuando había fiesta y baile, mi situación era múltiple y terrible. Me alejaba de la casa para no verlos ni escucharlos, pero sin importar lo lejos que pudiera estar, siempre estaba aquel niño que era yo, contemplándose y contemplando aquel equilibrio matemático de unos cuerpos perfectamente entrenados en el gimnasio, los pasos debidamente coordinados, los ágiles movimientos de las extremidades funcionando al unísono, acrobacias de un equipo perfectamente entrenado que de trapecio en trapecio jamás daba un giro en falso. Dueños de una calistenia impecable, eran el resultado de siglos de entrenamiento colectivo que no permitía una desviación de la norma ni una pirueta original. A coro, todos ejecutaban un salto mortal previsto donde no existía el menor peligro de muerte. Pensaba que quién sabe si tenían razón y que la verdad estaba en el movimiento constante de aquella coreografía folklórica, pero fuera o no fuera la verdad del todo, yo estaba fuera del baile, convencido de mi incapacidad de poder ajustar mis torpes movimientos al ágil giro cronométrico de aquellos cuerpos.

De regreso a mi casa cuando ya la fiesta había terminado, decidí decirles a mis padres y mis hermanos que me iría de inmediato. Orgulloso de la destreza de mis hermanos, mi padre hacía referencia a la perfecta coordinación de movimientos que habían desplegado en el baile. Mientras mi hermano acrecentaba la venta de mercancías, empeñado en nuevas peripecias comerciales, mi hermana sumaba y restaba, multiplicaba y dividía con la agilidad de un lince, demostrando el aumento incesante del capital. Tímidamente dejé saber que había decidido partir, pero me di cuenta que nadie me escuchaba, como si ya me hubiera ido, salvo mi madre que apretaba el brazo del sillón en actitud posesiva y como si fuera yo mismo, traspasada por el dolor de mi inmediato viaje. Entonces fue cuando mi padre se volvió y de forma brutal, como si me hubiera escuchado, me dijo que era inútil que me fuera de allí, y que bien podía irme, porque ese lugar a donde yo pensaba llegar y donde yo decía que había estado, no existía, y, peor todavía, no había existido nunca, y si en verdad llegara a existir era importante que no dejara de comunicárselo para establecer las fábricas y comercios que serían las muestras evidentes de prosperidad y que podrían servir para grandes y jugosas inversiones. Sin levantar la cabeza de la caja contadora, mi hermano manipulaba el dinero que entraba y salía, con la habilidad de un jugador experto en la baraja, y mi hermana, sumaba y multiplicaba en el papel cantidades fabulosas que caían sobre el tapete verde. ¿A dónde pensaba irme? ¿De dónde iba a partir y adónde iba a llegar? ¿De qué andén o de qué muelle? Empezaron a reírse a mandíbula batiente seguros de que a donde fuera ya estaban ellos, negando aquella geografía que no se hallaba en ningún mapa, como si fueran los dueños y señores de todas las ciudades, todos los países y todos los continentes. Entonces me puse de pie y me dirigí a la puerta de la calle. Mi madre hizo un gesto como para detenerme, con la certeza de la inutilidad de mi partida y el dolor que el intento iba a producirme. Apretaba el brazo del sillón al lado de la ventana como si fuera el mío, enterrando sus uñas en la madera y haciéndolo sangrar. Nadie me entendía. Sólo yo conocía mis hechos y mis actos conocidos, cuyos motivos supuestamente conocidos eran extraños para todos. Abrí la puerta y salí corriendo, tratando de llegar a la meta de aquel imposible que tenía por delante.

No recuerdo cuánto tiempo estuve corriendo. Sólo recuerdo que de pronto me detuve y me hallé de nuevo en el punto de partida, como si no hubiera ido hacia ninguna parte. Prisionero de todas aquellas cosas que detestaba, no tenía adónde ir, porque el paraje hacia el cual me dirigía estaba olvidado en un punto de la memoria que no podía recordar. Pensé que posiblemente más allá existía un espacio desconocido hacia el cual había estado corriendo, pero siendo desconocido para mí y para todos, era inútil todo movimiento. No era hacia C... donde regresaba. Olvidé por completo los días que había pasado allí y comprendí que no era ese el lugar que buscaba, porque, efectivamente, no existía. Supe, de una vez por todas, que el paraje buscado no sería encontrado nunca, porque su lugar había desaparecido al ser olvidado por la conciencia de todos los demás. Regresé taciturno al lugar de donde no había salido y que era el espacio ajeno, pero tenía que volver y ocupar el lugar al que se me había destinado.

Es necesario estar y se está como si uno fuera una geometría, y era mi castigo encontrarme en el lugar que no me correspondía y del cual no me podría separar porque no había ninguno. Tenía que adaptarme lo mejor posible. Antes había vuelto a lo que no era y supuse; ahora estaba en el vórtice de la certidumbre. Las cosas eran distintas a mi cariño y a mi sentir con la triste realidad de lo más fuerte. Divisé en lo alto del camino la casa paterna envuelta en un paisaje lunar y estrellado, una constelación misteriosa que navegaba por espacios abiertos. Adentro todos dormían: la noche de todos los demás, un sueño apacible y sin pesadillas en medio del cual el cerebro descansaba de sí mismo y recuperaba las fuerzas que a mí se me iban en el constante desvelo dentro del cual vivía. Dentro de aquel espejismo, sentí la intimidad mía con la noche y pude ver mis ojos luminosos y tristes como si fueran los que me estuvieran viendo desde alguna remota galaxia donde me encontraba. Antes de entrar, volví la cabeza hacia atrás. Sentí el brazo de mi madre y un estremecimiento me llegó de ella. Estaba en su noche y no en la mía, pero había algo que querer en su rostro buscando el mío. Era también como si el cordón umbilical me llevara hacia las entrañas del útero en una galaxia de la gestación, que era la galaxia de Dios. Entraba en mi habitación y todo quedó iluminado de tal modo que estuve a punto de cegarme. Una luz irreal envolvía aquel olvido sobre las paredes blancas donde, poco a poco, como si tuviera la pupila dilatada y me cegara el resplandor, podía verme mientras entraba en mí mismo hacia un viaje maravilloso. Las cosas recobraban su contorno y me encontraba envuelto en un ropaje de letras que se esparcían por las paredes. Inconexas no formaban ni siquiera sílabas y mucho menos palabras. Configuraban un lenguaje desco-nocido de letras en sí mismas que lo cubrían todo, como si fueran estrellas de una constelación que no se había descubierto y que sólo podía descubrirla yo, darles su propia identidad cósmica, la verdad definitiva más allá de la certidumbre ajena, el propio espacio hacia el cual navegaba en aquella nave milenaria que retaba a los siglos, yo, nada, frente al todo. Alargué la mano y tomando una a una las letras, como si en cada una estuviera la palabra de Dios, empecé a jugar con ellas, ensimismado, y moviéndolas entre mis dedos empecé a escribir *EL PARAJE OLVIDADO.*

INDICE

Palabras liminares................................... 11

El hijo noveno... 21

La compra de la venta............................. 37

Abono para la tierra................................. 45

La luna desaparecida............................... 57

El paraje olvidado.................................... 69

El hijo noveno
y otros cuentos
de
Matías Montes Huidobro
se imprimió en los talleres tipográficos de
A.D.R. Printing Co.
Estados Unidos de América,
en la primera quincena del mes de julio del año 2007

Ediciones La gota de agua
1937 Pemberton Street
☐Philadelphia, PA 19146☐
info@edicioneslagotadeagua.com

**Otros títulos de las
«Ediciones *La gota de agua*»**

Layka Froyka   *El romance de cuando yo era niña*
Emilia Bernal Agüero
~autobiografía~
(Serie Andadura)

Cuentos y relatos
José María Heredia
~narrativa~
(Serie Andadura)

Algo está pasando / Something's Brewing
Rolando D. H. Morelli
~cuentos~
(Serie Narrativa Breve)

Cuentos orientales
y otra narrativa
José María Heredia
~narraciones breves~
(Serie Andadura)

**Femenine Voices in Contemporary Afro-Cuban Poetry
Voces femeninas en la poesía afro-cubana contemporánea**
Editor: Armando González Pérez
(Serie *Perspectiva Crítica*)

Lo que te cuente es poco
Rolando D. H. Morelli
~cuentos~
(Serie Narrativa Breve)